nydia bonetti

1958, Piracaia, interior de São Paulo, onde reside. Engenheira civil por acaso. Poeta por que precisa. "Escrevo para não enlouquecer — mais". Foi publicada pela primeira vez em 2012, pela Coleção Poesia Viva, do Centro Cultural São Paulo, antologia *Desvio para o vermelho (Treze poetas brasileiros contemporâneos)*, organizada pela poeta Marceli Andresa Becker. Publicada também em 2012 pelo Projeto Instante Estante de incentivo à leitura, curadoria de Sandra Santos, Castelinho Edições, *Minimus Cantus*. Publicada em 2013 pela Editora Patuá, *SUMI-Ê*. Publicada em 2017 pela Editora Urutau, *De Barro e Pedra*.

CASA 11, TELEFONE 09

nydia bonetti

editora Urutau
primeira edição

O —
editora Urutau

rua maestro demétrio kipman, 210,
jardim américa, bragança paulista — sp,
12902-130, brasil

avenida peirao besada, 6 – 2D
36163 poio-pontevedra
(espanha)

[+34] 644 951 354 [espanha]
[+55] 11 9 4859 2 426 [brasil]

www.editoraurutau.com.br
contato@editoraurutau.com.br

[EDIÇÃO]
debora ribeiro rendelli, tiago fabris rendelli & wladimir vaz
[REVISÃO]
debora ribeiro rendelli
[CAPA E DIAGRAMAÇÃO]
victor prado

**dados internacionais de catalogação na publicação (CIP)
de acordo com ISBD**

bonetti, nydia
B712c casa 11, telefone 09 / nydia bonetti. bragança paulista, sp: editora urutau, 2021. 152 p. ; 14 x 19,5cm.

ISBN 978-65-5900-150-7

1. literatura brasileira. 2. poesia. I. título.

CDD 869.1
2021-4587 CDU 821.134.3(81)-1

elaborado por odilio hilario moreira junior - CRB-8/9949

sumário

Para meu pai, Nilo (em memória)
e minha mãe, Mafalda

rostos e nomes da minha infância

pela poesia que me ensinaram
gratidão

Uma infância potencial habita em nós. Quando vamos reencontrá-la nos nossos devaneios, mais ainda que na sua realidade, nós a revivemos em suas possibilidades. Sonhamos tudo o que ela poderia ter sido, sonhamos no limite da história e da lenda. Para atingir as lembranças de nossas solidões, idealizamos os mundos em que fomos criança solitária. É, pois, um problema real das recordações da infância, do interesse pessoal que temos por todas as lembranças da infância. E é assim que há comunicação entre um poeta da infância e seu leitor, por intermédio da infância que dura em nós. (...)

Marcas indeléveis (...) Na solidão a criança pode acalmar seus sofrimentos. Ali ela se sente filha do cosmos, quando o mundo humano lhe deixa a paz. E é assim que nas suas solidões, desde que se torna dona dos seus devaneios, a criança conhece a ventura de sonhar, que será mais tarde a ventura dos poetas.

GASTON BACHELARD

*
* *

[prefácio]

O tempo é, sem dúvida, alargador de caminhos e distâncias. Só não se perde na vastidão de si mesmo quem possui a bússola dos seus passos. *Casa 11, telefone 9*, de Nydia Bonetti, não deve ser tomado como uma fotografia esmaecida, mas pela luz que toda a infância revela em nós, até o último de nossos suspiros.

Há quem diga que vagamos, que somos frutos do acaso; porém, em cada página que li e reli deste trabalho tão primoroso, fui convencido do contrário. Aqui não falo de destino ou propósito, nem mensuro o existir numa regra matemática. Pobres das pessoas que fazem contas com a sua existência. Constatei apenas uma lógica de ternuras que as raízes de todas as eras revelam a nossa face definitiva. A poeta nos diz:

> a menina que mora
> no meu porta-retratos sorri
> ela não sabe das dores
> das despedidas
> não sabe da saudade, do vazio
> do vazio
> ela nem sabe do tempo
> que vai passar

Tal como Leopoldo María Panero em seu poema "Pavane pour un enfant défunt", (...*todos levamos dentro uma criança morta, chorando,/que espera também esta manhã, esta tarde como sempre/ festejar com os Outros, os invisíveis, os longínquos)*, essa criança, que não existe mais, descreve para o leitor a imensidão das perdas que se cristalizam nas retinas de Nydia. Sim, a dor atravessa do começo ao fim, e viver talvez não seja isso? Primaveras decompostas, rachaduras se formando nas paredes, o desabamento dos casarões, a somatória dos amores que se apagaram.

> pátria é o velho casarão em que nasci
> de onde
> me exilei para sempre
> quando chegou o vento que soprou
> cortinas
> e destelhou a casa
> que derrubou paredes
> e espalhou poeira
> que arranhou meus olhos de menina

Impossível desver o que já foi visto. Impossível desconhecer a sensação da poeira turvando a vista depois de ter a face fustigada por qualquer vendaval de secura. Teus olhos de infante, poeta, estão arranhados, e por isso choro por ti, para te poupar as ardências da dor. Vejo-te pequena, o pão sob a mesa, a família calorosa bordando a esperança natural da vastidão, teu corpo cercado de montanhas na distante terra das árvores não nomeadas, pontificando a memória anciã que virá. Vejo-te agora, assimilando o significado dos pássaros ausentes, questionando se o sorriso ainda viria se *soubesse da vida um terço para contas tão ásperas no interminável rosário dos dias*. Sinto carinho, sinto privilégio de te ler e o desejo enorme em tomar as tuas mãos e fazer do teu grito a minha voz, pela tua generosidade de carregar quem te lê no colo, sangrando teus pés *na estrada de pedra (longa e tortuosa), pleno deserto onde é sempre meio-dia.*

E essa saudade antiga também é nossa, agora: em cada página ela vai escorrendo pela superfície da consciência, fria como a chuva, criando o limo no qual derrapamos incessantemente. Agora somos as suas recordações. Os poemas se acumulam, gota a gota em nosso peito, cavando esse rio que Nydia menciona e que não é apenas um rio, mas um porta-retratos das mulheres tristes, nascidas para perecer antes, fermentadas pelo excesso de açúcar. Quantas vezes, pelos versos desta obra, não adormeci no crepúsculo da poeta para simplesmente poder pintar uma alegria, quando na língua era o sal das lágrimas que inundava meus sentidos? Se bebo do cálice da deserção dos rumos, é porque a autora traz esse vinho em suas veias. Sorveremos de todo esse néctar, pois nada deve sobrar de uma oferta tão doce. Os ossos dos antepassados oferecidos pela escritora devem ser guardados cuidadosamente numa caixa de vidro; desse modo entenderemos a real essência da memória: o estalar nas noites quentes, a decomposição, o pó final que nunca se perde:

> restam os ossos. então guardados
> numa caixa de vidro pequena
>
> nas noites quentes
> estalam
>
> um dia, tudo será pó
> e há que soprar, pois não há vento

As tangerinas no quintal, as preces pelos cantos, os epitáfios, a busca pelo sol, a trilha das amoras não comidas e pisadas por meninas que corriam atrás de vaga-lumes, cada poema que lemos homenageia o que há de mais humano em se produzir poesia: transformar uma experiência individual em algo coletivo, compartilhar conhecimento, dar-nos outro escopo na possibilidade de ser.

Aqui nos deparamos com tantos ecos, tantas vozes se misturando numa profusão, numa revoada caótica que se sincroniza nas alturas. Aqueles que exercitam o silêncio escutam, e toda a ancestralidade crava fundo:

> os relógios insistem em seus ruídos
> arrastando ponteiros
> devorando as horas
> os relógios deveriam ser silenciosos
> num mínimo de respeito
> aos instantes mortos

Casa 11, telefone 9 não é uma pérola brilhante, mas um diamante formado no mais escuro da terra. É uma honra ver seu nascimento, que já considero como uma das melhores coisas publicadas nos últimos anos. Nydia Bonetti é uma escritora de agora e de posteriori, não tenham dúvidas disso. Seu trabalho, no universo da poesia contemporânea (no qual vemos uma quantidade enorme de produção egoica e que não rompe a parede do outro), traz o mais refinado da tradição do fazer poético: retalhar com uma adaga sem fio todas as partes de si e presentear o leitor com algo universal que fala com o mais íntimo de cada pessoa.

Não me estenderei mais com este texto. Toda tentativa de explicar a beleza resulta num reflexo obscuro.

Tiago Fabris Rendelli

A CASA/PÁTRIA

bois dos dias cinzentos ruminam
restos de sol de outros dias

*

a noite quente
me faz voltar à infância —
tantas janelas

*

quando eu nasci
a casa ainda era branca
número 11
o telefone preto, de manivela
número 09
e o céu, azul infinito

*

casas são como gente
nascem, vivem, envelhecem
e antes de morrer

contam histórias

*

mais que ouvidos, as paredes têm
memória
dentro do velho casarão em que nasci
eu as abraço
e peço que me contem histórias
onde me encontro

*

pátria é o velho casarão em que nasci
de onde
me exilei para sempre
quando chegou o vento que soprou
cortinas
e destelhou a casa
que derrubou paredes
e espalhou poeira
que arranhou meus olhos de menina
                    (ainda vermelhos)

*

era pra ter nascido árvore — ou pássaro
mas nasceu gente
em vez de pés, raízes
em vez de braços, asas
vive então numa agonia que não cessa
asas que se contorcem em busca do céu
enquanto as raízes se aprofundam
pois passa um rio
perto da casa em que nasceu

*

a mesa era de tábua corrida
toalha de oleado marrom
fogão de lenha e muita cinza
café no copo e muito açúcar
colo de mãe e muito afeto
tudo tão velho tudo em ruínas
tudo tão novo tudo tão claro
desse lugar eu vim

A FLOR DA INFÂNCIA

santo lugar chamado agora
onde o tempo não conta

*

tão rara tão breve
tão frágil tão branca
a flor da infância

*

franzina, a menina me olha e sorri
se ela soubesse da vida um terço
ainda assim sorriria?
mãos tão pequenas
para contas tão ásperas
no interminável rosário dos dias

*

talvez seja mesmo culpa
dos meus pés
pequenos
essa minha constante
falta de equilíbrio

*

a menina que mora
no meu porta-retratos, sorri
ela não sabe das dores
das despedidas
não sabe da saudade, do vazio
do vazio
ela nem sabe do tempo
que vai passar

*

às vezes se pergunta
se houve mesmo um dia aquele campo
onde pisou descalça
sobre folhas douradas
e pétalas
tenta rememorar, mas tudo que vê
é a estrada de pedra
(longa e tortuosa)
pleno deserto onde é sempre meio-dia

*

na trilha do despertencimento
segue a sina dos seus

em busca do céu/do sol/de si

*

olha a menina que foi
e se pergunta
por que
foi escolher
trilhar caminho assim
tão solitário

*

mas para onde foi a menina que fui?
tenho dela apenas um retrato
(desbotado) um sorriso não decifrado
e os olhos ...longe
que ainda não se sabiam míopes

*

agora caminha na trilha das amoras
que não foram colhidas
por ninguém
ficaram no caminho e foram pisadas
por meninas que corriam
atrás dos vaga-lumes

*

a menina que fui é mãe
da mulher que sou
que é mãe
da velha que serei
(se tiver sorte)
um dia
de mãos dadas
seguiremos
juntas, em busca de nós

*

sangram os velhos muros/bolores
e trincas
(feridas abertas pelo tempo)
nas descalçadas, me vejo menina
desenhando céus com risca
de giz
na minha amarelinha sem infernos
que a primeira chuva apagaria

*

agora uma menina dorme
julgando ouvir uma canção de ninar
vinda da boca da mãe
que já não canta

O PORTA-RETRATOS

há um porta-retratos ainda vazic
sobre a mesa da sala

*

como um retrato
esquecido na chuva —
a vida é a chuva

*

velhas fotografias me mostraram detalhes da minha infância
que já não me lembrava
o azulejo hidráulico no rodapé dos quartos de fora
o peso de metal de segurar a porta que nunca se fechava
a grade de madeira e o chão de cimento queimado
trincado
o corredor sombrio que parecia não ter fim e a janela
no fundo — que luz era aquela?
a mesa de mármore —foi para onde?
e a desgastada mesa de passar roupas, toda queimada?
os panos grossos. os panos brancos. os panos todos
os panos
tenho a impressão de ter visto uma sombra próxima à parede
talvez um vestido. e dentro dele a nonna
de quem não tenho nenhuma fotografia

*

sempre falei tão mal
da tia Margarida
Deus que me livre
de ficar assim
como a tia Margarida
eis que me vejo
tão parecida
e finalmente igual
à tia Margarida

*

um violino na parede
e um retrato
o que restou
(desabitada e longa vida
da Tia Margarida)
me vejo no retrato
sem violino

*

então, me vejo retratada
nas foto/grafias
das minhas velhas tias
o tempo nos re/toca
e nos oferece
a imagem no espelho

*

em preto e branco me vejo
meu mais fiel retrato
cores desbotam, e eu
descolorida sigo
com minhas botas de
memória e esquecimento
(pares desencontrados)
caminho estreito e raso, só
onde mais ninguém

*

teu rosto no retrato — os olhos fundos
perdidos
como quem busca vida
distantes
como quem sabe o tempo
verdes em sépia na fotografia
grafada face — sagrada grafia
lábios cerrados como quem pressente
o grande silêncio

*

meus vivos, meus mortos
já não os distingo
e eles me olham
com a habitual indiferença
(mais um porta-retratos
em preto e branco
na prateleira da memória)
e o pó nas molduras
sequer o vento sopra

A FONTE

no riso da fonte
brancura de lírios de outras eras

*

a fonte —
lembrança remota
fotografia

*

sinos de silêncio em procissão
pássaro martelo e o som
da bigorna
onde mãos calejadas
forjavam ponteiras
que entalhavam letras
em pedras sepulcrais. hoje
tudo é revérbero de saudades
do meu velho pai

*

como meu pai me sento
na sua velha poltrona marrom
na cabeceira da mesa
de tábua, me apoio
no parapeito gasto
da janela apodrecida
a velha vida se repete
pena — não haverá ninguém
a repetir meus gestos
(quem sabe alguém
a repetir meus versos)

*

pai, o que sentia
ao percorrer caminhos
que hoje são meus?

insondáveis
todos os caminhos

*

perdoa pai — te julguei
tão fraco. hoje
carrego meus fracassos
tão maiores que os teus

*

olhos de esperar, os seus, meu pai
esmerados verdes
que a secura das horas transmutou
(vermelhos que sol)
no fim dos dias eram cinzas
a esperar pelas chuvas
(...e há exatos doze ciclos choveu)

*

na velha poltrona de meu pai
outra vez me sento
e um sentimento atávico
de quem
se despede da vida
toma conta de mim
hora absurda que sempre chega
só não se sabe quando

*

envelhecer como meu pai, na sua
solidão de lua

seu silêncio de pedra

e a placidez de um lago que seca
sob o sol de outros tempos

AS MULHERES MÃES

chovia. o tempo todo chovia
desse lugar eu vim

*

fogão de lenha
tacho de cobre e a “nonna” —
saudade é doce

*

suspira no quarto ao lado
a velha senhora

(como suspiram os velhos
em seus sonos breves)

*

nos olhos do gato pude ver refletidas
sete gerações
das mulheres mães
da minha estirpe
todas elas à beira de qualquer fogão
ardem em brasas
os olhos do gato
em seu último fôlego
(mais que cumprida sina) não haveria
mesmo ninguém depois de mim

*

este chapéu estranho que esconde
meus cabelos, quase cobre meus olhos

e quando sopra o vento ...voa

indelével memória, invisível presença
das mulheres todas

que vieram antes de mim

*

brevidades:instantes doces
que a nonna fazia
com polvilho e açúcar
(delicado presente
que de tão breve se desfez)

*

ontem, o céu daqui
me fez lembrar a água azul de anil
da bacia de alumínio
da minha avó Maria, lavadeira

*

a mãe — e seu sorriso de mil dentes que escureceriam
sem deixar de sorrir
a face delicada dos fortes, os pés pequenos
prontos a caminhar eternidades
(posso vê-la sorrir no retrato
na varanda da casa pequena, a única que foi sua)
segue sonhando
casas brancas de esquina, varandas e ________ventos
o esquecimento agora é sol a quarar suas memórias
ainda mais brancas
que as sonhadas paredes (e os cabelos)

*

fantasmas povoavam a casa e as noites eram longas
a avó, de chinelos e meias
que pareciam sempre as mesmas (talvez fossem)
dormia cedo e acordava com as galinhas
o avô desenhava ventos
e esculpia sonhos (de barro e pedra)
matéria prima com que compôs a música/tema
das nossas vidas futuras
sigo sonhando catedrais de vidro e anjos de barro
(altares de pedra, lápides e epitáfios
que a grande noite abraça)
na nave oculta e lateral do templo, a Pietá
réplica perfeita de Michelangelo nos resgata
e sinos anunciam silêncios, que viriam como um raio
em pleno dia de sol

*

a velha avó parecia um fantasma
morta/viva que se arrastava
sobre seus pesados chinelos
grossos do barro do quintal
parece que chovia. o tempo todo chovia
e o sol não refletia mais seu rosto
nas águas da pia que pingava
noite dia noite dia até
que finalmente noite. apenas noite
(a velha enfim descansa
do cansaço da vida que não viveu)

*

mulheres tristes morrem cedo, pensava Antônia
enquanto se olhava
no espelho bisotado em suporte francês
mas foi há tanto tempo, que não se recorda
do rosto que já teveum dia
(alguns velhos carregam cilícios nos olhos
que nos fazem supor que foram sempre velhos)
a roupa gasta e seus chinelos grossos do barro
do jardim pareciam pesar
pesava-lhe a vida e seus óculos grossos engordurados
do óleo requentado dos dias iguais
a boca sem dentes já não sorria
mecanicamente limpava peixes na pia do quintal
e as escamas brilhavam sob a luz do sol
a lâmina espelha
o sangue nos olhos das mulheres tristes
os olhos dos peixes/os olhos dos gatos/os meus

*

Vó Maria e seu rosário de contas negras
me lembro dela. olhos de água e cinzas
tacho de cobre de fazer sabão
(ásperas mãos)
Nonna, sempre à beira de algum fogão
sempre à beira de tudo. de nada
(calejadas mãos)
me lembro dela. olhos de fogo e brumas
palhas bentas e velas
choram lenhas verdes quando queimam
voam roupas brancas nos varais
A benção!!!

O RIO QUE ERA MEU

quando à noite o rio nos invade
assim, vindo do mar, num desfluir contrário

*

manhã de sol —
outros meninos brincam
no rio que era meu

*

o fim das coisas parece
mesmo ser
como um rio
que sempre termina onde
começa
outro rio (ou mar)
tudo parece recomeçar

*

raso e manso, o rio da infância
agora transborda /enverga as amoreiras
destrói o asfalto que não havia
arranca pela raiz as velhas mangueiras
decepa os lírios brancos
talvez para sempre
é findo o tempo da doçura e da inocência
águas barrentas — fúria

*

perto de mim flui, generoso ___o rio
todos mergulham, ou
molham as pontas
dos pés __só os meus sempre secos

*

havia um rio na minha infância
ainda há
corre lento agora
posso ouvi-lo cantar
segredos
que já não podemos decifrar
e quando eu já não for
ele ainda será. até
que o sol esfrie — ou arrebente

*

a pele do rio ainda é fina
o sapo não sabe
que é feio
coruja não sabe
que assusta
paca tatu bugio cotia
jaguatirica
viraram lenda /carcaças
na memória da terra

*

este rio, não é apenas um rio
é um porta-retratos

carrega meus olhos

FARPAS SOB AS UNHAS

vai tempo
faz teu estrago — anda

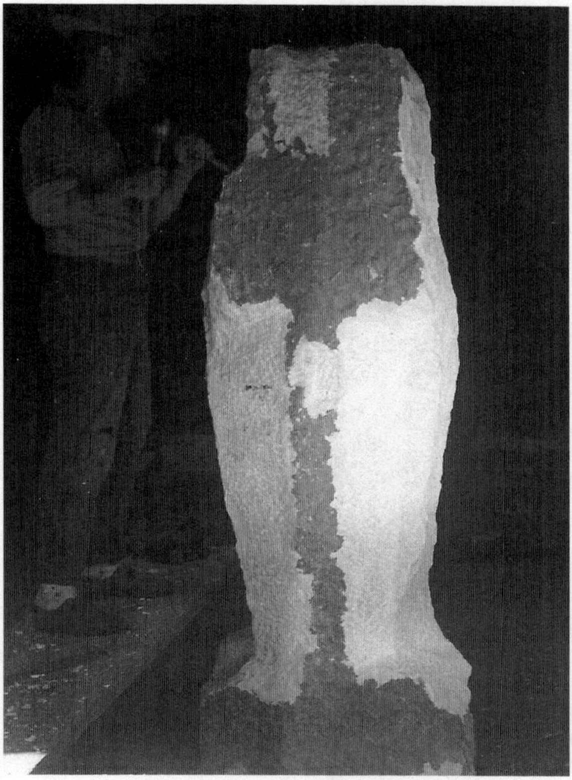

*

chuva e escuridão
o mesmo céu da infância —
sem lamparinas

*

no ancoradouro da memória há tantos barcos
quase todos fantasmas
naufragados no tempo, retornaram ao cais
não puderam encontrar
o desejado portal do esquecimento
cemitério de navios
onde barcos (e mortos) finalmente descansam
em paz

*

cada vez mais parecida com meu pai
me sento à cabeceira da velha mesa e seguro o queixo
com mãos (o gesto atávico)
talvez para que ele não caia ao olhar o relógio da sala
carcomendo os instantes
depois, respiro fundo e sorrio
quando um pássaro (que parece ser sempre o mesmo)
caminha inseguro em busca das migalhas (não sei se
de pão ou de tempo) espalhas pelo chão

*

um homem velho hoje me fez lembrar meu pai
tive pena do homem
raiva do tempo
e ele seguiu seu rumo, indiferente
homem/tempo

*

o tempo insiste em arrastar
móveis pesados
há sempre um piano
que não passa na porta
notas suspensas, cordas frágeis
que sempre ruem, antes
que seus pés toquem a rua
em áspero ruído

*

"Minas
não há mais José"
e agora? o que haverá
onde Minas havia
e já não há

*

e finalmente Minas
estava lá
nossos velhos todos
nomes de rua
nos olhavam passar

*

o velho em seu cavalo navega
mares de poeira e solidão
o nome do cavalo é estrela
    (há tanto tempo extinta)

*

lembrar tem doído, feito farpas
sob as unhas
(ao por do sol, lateja)
o esquecimento
faz parar de doer
mas nos meus sonhos
todas as flores ferem:espinhos

*

os dias — foram para onde?
os dias

um por um
se foram. não sei para onde

se foram. os dias

*

roubaram-me os dias
e atiram todos
do alto da montanha
onde o sol se põe

*

voam folhas secas das horas
sopradas pelo vento
ante meus olhos incrédulos

*

dentro da fita cassete habitam vozes
de infâncias e velhices
perpetuadas num tempo quando
não se sabia o quanto
seria breve o canto — e o quanto
seria eterno

A SOLIDÃO SEM ASAS

que árvore teria sido se
tivesse chovido?

*

árvore velha —
a tua solidão sem asas
me comove

*

árvores do quintal da infância
revi_vi
sumo nos olhos
saudade é nódoa que não sai

*

árvore do cerrado / cresceu comigo
rude e exótica. mas era minha

eu fui embora. ela não quis
ela não tinha pés. eu não tinha raiz

*

velho tronco é banco. velho banco é lenha
que queima e se espalha
sobre o velho canteiro
onde brotam sementes da mesma espécie:
árvores de fogo e cinzas

*

outra vez tombam as velhas árvores
e a profecia se cumpre
há um deserto de concreto
onde um dia houve um jardim
onde pisei criança e sonhei florestas

*

o banco de madeira apodrecida
mais velho que a casa
já tão velha
viu brotar. a árvore
viu crescer. a árvore
agora já tão velha
que viu
o primeiro balanço
cujas cordas já se romperam
há tanto tempo

*

tangerinas
me fazem lembrar domingos
em que o sol ardia
sob minhas unhas
e nos vãos dos meus dentes
fiapos
deste mesmo sol

*

a árvore que me viu menina
a mesma
que me viu mulher
a mesma que estará por aqui
quando eu já não estiver

OS OLHOS DA MEMÓRIA

na casa da infância
era bonito ver do alto a enxurrada

*

inverno ainda
nos olhos da memória
queimam fogueiras

*

na memória sonora/inteira/minha infância
diante dos meus olhos
a estrada de terra, batida e longa
se afunila
e muito além das incontáveis porteiras/quase
no infinito/tudo desaparece

*

NhôDanié
um preto velho na minha infância
cheia de cores
procissão de fantasmas — felizes
passaram hoje
pela janela dos olhos da memória

*

no inventário das horas conto migalhas
e o pássaro necrófago
devorador de sonhos
se alimenta delas
partículas minúsculas/avesso
do prananayama
(respiro fuligem)
e a poeira dos dias foi tudo que restou
do que o pássaro não quis

*

o nome. já não me lembro
do nome da memória
os olhos
de que cor eram mesmo
os olhos
da memória?

*

tinha boca vermelha e cantava
(não ouço mais
a canção da memória)
eram fortes e ternas
as mãos imensas da memória

*

me lembro agora, vagamente
tinha um corpo a memória
um rosto

(tinha alma)

*

restam os ossos.então guardados
numa caixa de vidro pequena

nas noites quentes
estalam

um dia, tudo será pó
e há que soprar, pois não há vento

na caixa hermética da memória

*

e os ossos foram trancados na caixa pequena
(estanha caixa)
que guarda quase dois séculos
da minha história
(onde um dia mergulharei)
as chaves serão veladas por quatro olhos
que um dia serão trancados
na mesma caixa
por outros olhos
que não sei quantos serão
até, que os últimos dos olhos
a si mesmo se tranquem, e a caixa se desfaça
e tudo então será finalmente terra

*

memória — é apenas um nome

inscrito
na sola dos pés

vai se perdendo na caminhada

Acervo Tetê Brandão

A CASA VAZIA

tão cedo envelheceu a casa
agora vazia

PIRACAIA
E.F.B. AVISOS

*

na casa vazia
tantos espelhos —
ninguém

*

lampiões nas varandas denunciam
que por aqui

o tempo já passou

luminosos nas esquinas anunciam
um tempo eterno de mentira

*

mais cedo que de costume acordo
e entre ciprestes cumpro
o ritual da saudade
o pássaro
leva um abraço nas asas
e uma prece no canto
tão rapidamente
tudo retorna ao contumaz silêncio
sob o peso da pedra

*

sombras antigas do que fomos
dançam

nos muros altos que se elevam
    atrás
        dos nossos
            passos

*

os relógios insistem em seus ruídos
arrastando ponteiros
devorando as horas
os relógios deveriam ser silenciosos
num mínimo de respeito
aos instantes mortos

*

agora, há limo nos muros, ferrugem nos portões
e as portas rangem
a roupa está puída, sapatos estão gastos
e os espelhos trincados
o piso está lascado, a prata enegrecida
varais cortados
(...goteiras)
o vendaval do tempo soprou/e destelhou a casa

VEIOS À MOSTRA

o dia, instante em que habitamos
até que a noite nos abrigue

*

éramos poucos
somos menos agora —
serenos

*

de Portugal, traz azulejos nos olhos
e da Toscana, pedras
no coração
dores na alma é o fado comum
ao povo de onde veio
veios à mostra — brancos e azuis

*

morte súbita/morte anunciada
toda morte é natural
dizia o velho avô
fazedor de túmulos
lápides e epitáfios
que naturalmente lutou muito
para não morrer

*

Lisboa me faz lembrar meu velho avô António
que não conheci
Lisboa em ti alguém caminhou
carregando meu sangue — talvez meus olhos
mas tudo se perdeu, porque tudo se perde
embora um fado
— trilha sonora de uma vida que não vivi —
insista em tocar
nas noites de insônia — estranhas e escuras
como um delírio

*

um vento frio entra pelas frestas e congela
meus ossos
o céu está claro e a lua paira sobre
a casa
se eu suportasse ainda esperar, esperaria
que ela descesse
e atravessasse meus olhos

A CASA QUE ENVELHECE ILUMINADA

sou uma casa antiga
bastam-me meus próprios fantasmas

*

luar de outono
e o velho telhado —
brilha

*

ah... insistir na vida
algo assim
como sorrir
sobre o leite derramado
e se fartar
do sabor do doce
que teria sido

*

onde tudo não passa
é o lugar
onde quem ama está
e quer ficar

para sempre

*

onde há beleza, senão nos olhos?
que moram no meio
da minha
cara
que mora no alto da minha carne
a casa onde moro

*

quando partiu para o exílio, todos estavam vivos
bem vivos
só a avó dormia
descansada da vida
agora, todos dormem e a cidade ____lentamente
desaparece

*

agora sabe que aqueles que ama e busca
a habitam
por isso mergulha
fundo
dentro
de si
fora é tão longe
vertiginosamente _______se _______afasta
e a casa envelhece iluminada

Adendo

Hoje o último elo,
frágil elo que nos unia ao passado
se quebrou.
O último dos tios se foi
neste domingo ensolarado, como aqueles
em nos reuníamos em volta da velha mesa de tábua
onde brindávamos à vida.

primavera/2020

9

■ primeira edição
■ dezembro de 2021